Poems From the Stars

来自星星的诗

星から来た詩

별에서 온 詩
한·영·중·일 4개국어 시집

강동석 김옥진 김율도 김준엽 김판길 노차돌 방귀희 서정슬 손병걸 최명숙
—소피 보우만(Sophie Bowman) 한홍화(韩红花) 김언지 옮김

초판 1쇄 발행 | 2014년 10월 8일

펴낸이 | 방귀희
펴낸곳 | 도서출판 솟대
등록 | 1991. 4. 29
주소 | 서울시 금천구 서부샛길 606, 대성지식산업센터 b-1502
전화 | 02-861-8848
팩스 | 02-861-8849
홈주소 | www.sosdae.net
이메일 | klah1990@daum.net

제작 판매 | 연인M&B 전화 02-455-3987

값 15,000원

ISBN 978-89-85863-47-6 03810

주최 : ㅈㅇㅊ (사)한국장애인문화예술단체총연합회
주관 : 2014장애인문화예술축제조직위원회
       사 한국장애예술인협회
       Korea Disabled Artist Association
후원 : 연인M&B

국립중앙도서관 출판시도서목록(CIP)

이 도서의 국립중앙도서관 출판예정도서목록(CIP)은 서지정보유통지원시스템
홈페이지(http://seoji.nl.go.kr)와 국가자료공동목록시스템(http://www.nl.go.
kr/kolisnet)에서 이용하실 수 있습니다.
CIP제어번호 : CIP2014024874

어둠이 온 세상을 잠식하여도
하늘은 아름답다.
별이 있기 때문이다.

별에서 온 詩

Poems From the Stars | 来自星星的诗 | 星から来た詩

한·영·중·일 4개국어 시집

소피 보우만(Sophie Bowman) 한홍화(韓红花) 김언지 옮김

강동석 김옥진 김율도 김준엽 김판길
노차돌 방귀희 서정슬 손병걸 최명숙

4개국어 시낭송 CD 무료증정

도서출판
솟대

별에서 온 詩

어둠이 온 세상을 잠식하여도 하늘은 아름답다.

별이 있기 때문이다.

별은 밤이 되었을 때 나타나는 것이 아니고 낮에는 태양 빛에 가려져 보이지 않는 것뿐이다.

별은 태양이 져야 그 영롱한 빛을 발한다.

우리(장애 시인)는 너무 오랫동안 태양에 가려져 있었다.

이제 더 이상은 숨어 있을 수 없다는 생각에 용기를 내어 우리의 존재를 힘차게 외친다.

"우리는 별에서 왔어요."

너무나 아름다운 시여서

여러 언어로 널리 알리고 싶어

영어, 중국어, 일어로 번역하였다.

가장 번역하기 힘든 장르가 시이지만 우리를 이해하고, 사랑하는 분들인 소피, 차희정(역자 한홍화), 김언지 님이 있어 번역이 가능하였다.

국내, 아니 국제적으로도 그 유례를 찾아볼 수 없는 4개 언어 시집이 발간된 것은 한국의 장애인문학을 세계화하는 밑거름이 될 것이기에 설레인다.

우리의 시가 당신의 가슴에 별이 되길 빌며······.

2014. 10.
한국장애예술인협회
방귀희

Poems From the Stars

Even when darkness encroaches on the world the sky is beautiful.

This is because the stars appear.

Stars do not come into being when night comes, it's just that in the daytime their light is hidden by the bright sun.

The sun must set before the radiant light of the stars can shine through.

We poets with disabilities have been hidden by the sun for too long.

Unable to put up with staying hidden any longer, putting our fears aside, we are here to declare our presence loud and clear.

"We've arrived! All the way from the stars."

The poems collected here are so beautiful that we wanted to share them widely in many languages and so we had them translated into English, Chinese and Japanese.

They say that poetry is the most difficult genre to translate;

this collection was possible thanks to translation by Sophie Bowman, Cha Hui-jeong (translator Han Hong Hoa) and Kim Eon-ji, who have great understanding and love for us and our poems.

This publication of a poetry anthology in four languages, unparallelled in Korea or elsewhere, will become the basis of the globalization of Korean literature by people with disabilities. Just the thought of it makes my heart flutter.

In the hope that our poems will become a star shining in your heart...

Bang Gui-hee
Korea Disabled Artist Association
October 2014

来自星星的诗

因为有繁星点缀，即使全世界湮没于夜色之中，天空依旧美丽。

星星并非夜幕降临时出现，白天看不到，是因为它被太阳掩住了光芒。

只有太阳下山后，星星才闪闪发光。

我们（残疾诗人），已被遮盖得太久太久，

我们不要再躲藏其中，而要向世界证明我们的存在："我们来自星星"

这些优美的诗歌被翻译成中文、英文、日文，为便能够传播到世界各地。

其实，诗歌是最难翻译的体裁之一。但在苏菲、车姬贞（译者：韩红花）、金彦志等人的理解、支持与热心帮助下，翻译

工作得以顺利完成。

以四种语言出刊诗集，这在国内外尚属首次。

相信本诗集，能够成为韩国残疾人文学走向世界的桥梁。

真心期望我们的诗歌能成为点亮您心房的星星。

2014. 10.

韩国残疾艺术人协会

方贵姬

星から来た詩

闇が全世界を侵食しても空は美しい。

星があるからである。

星は夜だけに現れるものではない。日中は太陽の光に遮られて見えないだけだ。

星は太陽がない時、そのきらめく光を放つ。

私たち（障害詩人）は、あまりにも長い間、太陽に遮られていた。

もうこれ以上は隠れていられるわけがないと考え、勇気を出して私たちの存在を力強く叫ぶ。

" 私たちは星から来たの。"

あまりにも美しい詩なので

複数の言語で広く知ってもらいたいと思い、英語、中国語、日本語に翻訳した。

最も翻訳が難しいジャンルが詩だが、

私たちを理解し愛する人々であるソフィー、チャヒジョン（翻訳者ハンホンファ）、キムオンジさんのおかげで翻訳ができた。

　国内及び国際的にもその例を見ない4つの言語の詩集が出版されることになった。このことが、韓国の障害者文学が世界に出る一歩となることにワクワクしている。

　私たちの詩があなたの胸に星となることを祈って…

2014. 10.

韓国障害芸術人協会

バングィヒ

차
례

세계의 불꽃 강동석

　강동석은 두 살 때 그네를 타다가 떨어진 후 심하게 앓았는데 그때 소아마비가 찾아왔다.

　장애 때문에 학교에 다니지 못하고 형과 누나의 책들을 어깨너머로 들여다보며 한글을 깨우쳤는데 글을 알고 난 후부터는 하루를 책을 읽고 그림을 그리며 보냈다. 그는 동네 아이들 숙제를 대신해 주며 글쓰기 경험을 하였다. 그러다 구체적인 스토리가 있는 글을 쓰기 시작한 것이 13세 때부터로 소설, 시나리오 등 문학 전반에 걸친 습작을 거쳐 1980년 장편 『겨울 달이 허문 모래탑』 1981년 두 번째 장편 『저울 위에 앉은 허수아비』를 발표하여 세간의 관심을 모았다. 1982년에는 첫시집 『빈터』, 1988년에는 시집 『불꽃놀이』로 시인으로서의 역량을 과시하였다.

　1989년 독자와 열애 끝에 결혼한 후 1992년에 동생이 있는 미국으로 생활 터전을 옮기는데 그 이유는 한국에서는 학교의 교육 혜택을 전혀 받을 수 없었기 때문이었다. 강동석은 검정고시로 고등학교 졸업 자격을 확보하였기에 미국에 가자마자 공부부터 시작하였다. Community College에 입학한 강동석은 탁월한 성적

너 나 되고 나 너 되어
우리 함께 가자

으로 Ellen Erchul 2001 장학생(사회학과 전체 학생 중 한 명에게
만 수여됨), Wendall Black 장학생, 주미 총영사관 장학생, 중앙
일보 장학생(Kim Bo Scholarship)을 비롯해 수많은 장학생으로
선발되었고, 전과목 A라는 쉽지 않은 성적으로 UC 버클리대학에
4.0 만점으로 편입허가 받음과 동시에 LA Harbor College 최우등
(President Distinguished Honor Award) 졸업이라는 영광을 안
았다.

버클리대학으로 편입한 후에도 버클리대학 사회학과 장학생을
비롯 미 전국에서 0.5%의 성적 안에 드는 학생에게 주어지는 내
셔널 장학생으로 선정되었고, 골든 키 장학생, 인터내셔널 장학생
으로 뽑힌 상태에서 2004년 자랑스러운 졸업을 했다.

졸업 후 강동석은 미 탐하킨 상원의원 인턴을 지내는 등 다양한
사회 경험을 거쳐 현재 거북이교육센터 대표로 소외계층의 교육
사업에 헌신하고 있다. 미국에서도 문학 활동은 계속되어 2008년
워싱턴 신인문학상을 수상하였으며, '강샘'이라는 이름으로 2014
년 미국 장애예술인들의 이야기 『어때요』를 국내에 소개하였다.

불멸의 꽃

강동석

1
나는 너를 향하여 걸었고
너는 나를 향하여 걸었다
해바라기처럼 간절한
우리의 부름이
어느 푸른 들에서
만남으로 이루어졌을 때
무언의 축복이듯
동편 하늘에 해가 돋고 있었다
처음인 얼굴
처음인 마음
처음인 고백
안으로 깊어 가는 기쁨은
처음인 열정
거기에 우리의 새로운 탄생이
불꽃처럼 타오르고 있었다

2

무언들 못하랴

너하고라면

어딘들 못 가랴

너하고라면

우리의 힘

우리의 걸음

움츠림 없이

우리의 진실로 일군 비옥한 토양에

씨뿌리는 마음으로 살리라

그 땅에 단비 내리어

새싹 움트면

말하리라, 곧은 걸음으로 이어 간

우리 사랑의 역사를

인내하되 게으르지 않으며

부지런하되 서둘지 않으며

정직한 걸음으로 이어 갈

우리 사랑의 미래도 말하리라

3
이제 같이 걷자
너 나 되고
나 너 되고
한마음으로 가자
사랑은 고귀한 것
꽃보다 선명한 불멸의 사랑을 위하여
너 나 되고
나 너 되어
우리 함께 가자.

강동석(남) _ 1954년생, 지체장애

Immortal Flowers

Gang Dong-seok

1

I walked toward you
and you toward me.
When our calling,
ardent as a sunflower,
was fulfilled in encounter
in some green field,
the sun rose in the eastern sky
like a silent blessing.
A new face,
a new heart,
a new confession,
inwardly deepening joy,
new passion,
there our new birth
went blazing high like flames.

2

There's nothing I couldn't do

as long as it's with you;

nowhere I can't go

so long as I'm with you.

Our strength,

our steps,

with no holding back,

will live as hearts

sowing seeds in fertile ground

tilled by our sincerity.

When timely rain falls on the earth

and new shoots emerge,

we will relate the history of our love

sustained by firm steps,

patient without being lazy,

industrious without rushing,

ever sustained by truthful steps

we will speak of our love's future, too.

3

Now let's walk together.

You becoming me,

I becoming you,

let's advance with a single heart.

Love is a noble thing.

For an undying love more vivid than flowers,

you becoming me,

I becoming you,

let's advance together.

Mr. Gang Dong-seok. Born 1954. Physical disability.

不灭之花

姜东锡

1

我曾向你走过去

你曾向我走过来

向日葵般殷切的呼唤声

在那绿坪上相会的时候

东边的太阳默默地祝福着

初识的面孔

最初的心弦

初次的告白

浓浓的喜悦

起初的热情

你我的爱情像烈火一样熊熊燃烧着

2

只要与你同在

就无所不能

只要与你同在

就无所不及

你我的力量

你我的步伐

用我们真心开垦的沃土上播种的心态

堂堂正正地生活

当春雨滋润大地冒出新芽的时候

倾诉你我间的爱情故事

容忍却不懈怠

勤勉却不急躁

构想我们未来美好的爱情蓝图

3

今后我们一起同行吧
你我融为一体
一心一意前进吧
爱情是高贵的
为了这份比鲜花还鲜艳的不灭之爱
你我融为一体
一起同行吧

姜东锡, 男, 1954年生, 肢体残疾

不滅の花

カン・ドンソク

1

私はあなたに向かって歩き

君は僕に向かって歩いた

ひまわりのように切実な

私たちの呼び掛けが

ある青い野原で

出会いとしてかなった時

無言の祝福のように

東の方の空に太陽が昇っていた

初めての顔

初めての心

初めての告白

内へと深まっていく喜びは、

初めての熱情

そこに私たちの新しい誕生が

炎のように燃えていた

2

何でもできないだろうか

君となら

どこにでも行けないだろうか

君となら

私たちの力

私たちの歩み

身をすくめることなく

私たちの真実で作った肥沃な土壌に

種をまく心で生かす

その地に甘雨が降り

芽ばえたら

告げよう、真っ直ぐな歩みでつないだ

私たちの愛の歴史を

忍耐するが怠けず

勤勉だが急がず

正直な歩みでつないでゆく

私たちの愛の未来も伝えよう

3

さて一緒に歩こう

君は僕になり

僕は君になり

一つの心で行こう

愛は尊いもの

花より鮮やかな不滅の愛のために

君は僕になり

僕は君になり

私たちは共に行こう

영원한 산골 소녀 김옥진

　김옥진은 1961년 전라북도 고창에서 태어났다. 여고 2학년 겨울방학을 앞둔 어느 날 동네 성곽에 올라가 친구들과 사진 촬영을 하다가 추락사고로 목뼈를 다쳐 전신마비 장애를 갖게 되었는데, 깊은 산골이라 재활치료 한번 받지 못하고 엎드려 누운 자세로 세수하고, 식사하고, 소대변을 처리하는 처참하고 지루한 시간 속에서 자신의 마음을 짧은 글로 표현하며 시를 쓰기 시작하였다.

　이와 같은 자신의 처지를 쓴 편지가 라디오 방송(KBS 장애인 대상 프로그램)에 소개되었는데 뇌졸중으로 장애를 갖게 된 한 유명 시인이 그 방송을 듣고 고창까지 찾아가 산골 소녀의 시노트를 시집 『산골 소녀 옥진이 시집』으로 출간(1987년)할 수 있도록 도와주었고 시집 발간 소식이 언론을 통해 세상에 알려지면서 100만 부가 팔렸다. 당시는 장애인이 글을 쓴다는 것이 화제가 되어 김옥진에게 많은 관심과 지지를 보내준 덕분에 그녀는 산골에서 벗어나 서울 생활을 하게 되었다.

　책을 내자는 출판사 제의도 있고 김옥진을 위한 행사를 기획하겠다는 제안도 많았다. 그런 속에서 김옥진은 1993년 일반 문학지를 통해 시인으로 등단하였고, 10권의 시집과 2권의 수필집을 발간하는 등 왕성한 활동을 하였지만 2009년 이후는 출간을 하지 못하고 있다. 세인들의 관심이 지속된다는 것이 쉽지 않은 일이기도 하지만 원고 청탁 한번 없는 문학계에 깊은 좌절감을 느끼고 있다.

그런 가운데 1991년 그동안 자신이 받은 사랑을 사회에 돌려주고 싶어 독거노인과 조손가정 청소년을 돕기 위한 '사랑 가꾸기' 모임을 자신의 독자들과 결성하여 현재 전국 40여 세대를 지원하고 있는데 김옥진은 후원금을 모으기 위해 편지를 많이 쓴다.

일흔이 넘은 아버지는 막노동으로 일을 하며 생활을 꾸려나가고 있고, 어머니는 관절염으로 거동이 불편한 가운데 김옥진의 모든 일상을 뒷바라지하며 세 식구가 살고 있는데, 부모님이 돌아가신 후 혼자 남게 될 자신을 누가 돌볼 것인지에 대한 걱정을 최근 들어 부쩍 많이 하고 있다. 경추 5, 6번 손상으로 엎드려 누워서 32년 동안 외출을 거의 하지 못하고 방 안에서만 생활을 하였기 때문에 요즘 건강이 좋지 않은 상태이다.

중도에 사고나 질병으로 척수마비가 된 사람들은 김옥진의 작품을 통해 글을 쓰게 되었다고 할 정도로 김옥진은 문학을 하는 장애인들에게 롤모델이 되었다.

기도

김옥진

소유가 아닌 빈 마음으로 사랑하게 하소서
받아서 채워지는 가슴보다
주어서 비워지는 가슴이게 하소서
지금까지 해 왔던 내 사랑에
티끌이 있었다면 용서하시고
앞으로 해 나갈 내 사랑은
맑게 흐르는 강물이게 하소서
위선보다 진실을 위해
나를 다듬어 나갈 수 있는 지혜를 주시고
바람에 떨구는 한 잎의 꽃잎일지라도
한없이 품어 안을
깊고 넓은 바다의 마음으로 살게 하소서
바람 앞에 스러지는 육체로 살지라도
선(善) 앞에 강해지는 내가 되게 하소서

크신 임이시여
그리 살게 하소서
철저한 고독으로 살지라도

사랑 앞에 깨어지고 낮아지는
항상 겸허하게 살게 하소서
크신 임이시여.

김옥진(여) _ 1961년생, 전신마비

Prayer

Kim Ok-jin

May I love with a heart that is empty, not bound to
possessions.
Rather than a heart that receives and is filled,
make mine a heart that is emptied by giving.
If in the love I showed until this day
there was any impurity, forgive me,
and let my loving henceforth
be a river flowing clear.
Grant me the wisdom to be purified
for sincerity not hypocrisy,
and enable me to live with a heart deep and wide as the ocean
so I may embrace unendingly
even a single petal quivering in the breeze.
Though I live in a body that withers when winds blow
make me one who grows strong before your virtue.

Greatest of all,

let my life be thus.

Though I live in utter solitude

keep me fragile and lowly in the face of love

to live ever humbly.

Greatest of all.

Ms. Kim Ok-jin. Born 1961. General paralysis.

祈祷

金玉珍

让我用空洞的心去爱吧

爱，不是一味的接受

为了爱，怀有一颗乐于奉献的心

过去的爱情

若有一丝瑕疵请求上帝宽恕

让未来的爱情

像一条清澈透明的河水一样

清纯透亮真情实意

请赐予我能够提升自己的智慧吧

即使我是一片随风飘落的花瓣

也要赐予我像大海般宽大的胸怀吧

即使我在风中左右摇曳

也要让我在行善中强大起来吧

伟大的上帝

无论心里多么孤寂

让我在爱情的沐浴下变得谦虚吧

伟大的上帝

金玉珍, 女, 1961年生, 全身瘫痪

祈り

ギム・オクジン

所有ではない空の心で愛せますように

受けて満たされる胸より

与えて 空になる胸になるように

今までしてきた私の愛に

ちりがあったら許し

これからしていく私の愛は

清く流れる川になるように

偽善よりも真実のために

私を整えていくことができる知恵を与え

風で落ちる一枚の花びらであっても

限りなく抱き抱える

深くて広い海の心で 生きれますように

風の前で消え失せる肉体で生きたとしても

善の前で強くなる私になるように

大いなる君よ

そのように生きれますように

徹底した孤独で生きたとしても

愛の前で割れて低くなる

常に謙虚に生きられますように

大いなる君よ

キム・オクジン _ 女性. 1961年生. 全身麻痺

문화 유목민 김율도

　김율도는 필명이고 본명은 김홍렬이다. 창신동 달동네에 자리 잡고 낙산을 넘나들며 어린 시절을 보냈는데, 그는 한쪽 다리를 저는 장애 때문에 생기는 아픔을 시로 다독거리며 청소년기를 보냈다. 아버지는 청계천 주변에서 손수레를 끌며 장사를 하며 고단한 삶을 이어 갔지만 그는 시인으로 풍요로운 정신세계를 즐겼다.

　고등학교 졸업 후 독학으로 문학을 공부해 1988년 서울신문 신춘문예 시조 당선으로 문단에 등단하였다. 문학 공부를 제대로 하고 싶어 서울예대에 입학하여 치열하게 대학 생활을 하였지만 긴 방황 탓에 졸업했을 때의 그의 나이는 남보다 5년이나 늦어 있었다. 직장 생활보다는 프리랜서로 10여 년 동안 500여 개의 프로젝트를 수행했다. 역사, 심리학, 과학, 문학, 고고학 등 다양한 관심사를 배경으로 장르를 넘나들며 전방위 작가와 강사로 활동했다. 그는 자기 자신을 문화 유목민이라고 칭한다. 예술 주변에서 유랑하며 살고 있기 때문이다.

　최근 발표한 시집 『다락방으로 떠난 소풍』은 어린 시절 아이들이 신나게 소풍을 간 날 혼자 쓸쓸히 다락방으로 소풍을 떠나야

고통과 아름다움은
주로 산 위에서 산다

했던 아픔이 고스란히 그려져 있다.

김율도는 성우가 되고 싶었다고 한다.

얼굴은 숨기고 목소리로 말하는 것이 좋았다… 하늘로 돌아갈
날은 아직 멀었지만 얼굴을 숨기고 내 속의 너무 많은 나를 꺼내
는 일은 그 후로 많을 것 같았다.

— 詩〈성우시험〉에서

자신의 절뚝거리는 몸을 쳐다보는 시선을 견디기 힘들어 얼굴
을 숨기고 할 수 있는 성우가 되고 싶었던 것이다. 자신의 시처럼
그는 얼굴을 숨기는 일들은 많았을 것이다. 하지만 그의 목소리는
시가 되어 세상에 나왔다.

고통과 아름다움은 산 위에 산다

김율도

그렇다
고통과 아름다움은 주로 산 위에 산다
남산타워를 똑바로 응시했던
창신동 산꼭대기 시민아파트
중세의 성처럼 늠름한 아파트는
끝내 사람 손으로 부서지고
나도 머리 둘 곳이 없구나
그래도 여태껏
시계 노점 성희 아버지, 중동에 간 건주 아버지
떠나고 싶어도 떠날 수 없는 산 위의 벌집에서
엄마는 손가락을 찍어 가며
몇 백 원 하는 머리카락 정리하는 일을 하고
온 식구가 손가락 다치며 몇 천 원짜리
잣을 까는 부업의 시간
때때로 바람이 집을 흔들었고
별빛 몇 개 흔들려
그냥 어둠이 될 때 산 하나가 날마다 솟고
산 하나가 날마다 무너지는데
지린내 나는 층마다 흘러나오는

아, 으악새 슬피 우니 가을인가요
늘 취해 있는 401호 아저씨는 으악새만
불러들이고
서정적으로 헤엄치는 창신동 사람 나는
땀에 절어 소금밭 그려진 옷을 입고
낙산 허리 옛 성터*에서
삼거리 윷놀이판과 깡통 돌리기를 뒤로하고
웃풍 센 겨울 밤을 기도하듯 넘기는데
고통과 아름다움은 주로 산 위에서 산다.

*창신동 중턱에 있는 명신초등학교 교가 중 일부.

김율도(남) _ 1965년생, 지체장애

Suffering and Beauty Live Up on Hilltops

Kim Yul-do

That's how it is.

Suffering and beauty mostly live up on hilltops.

The citizens' apartments on the hillside in Changshin-dong

gazing straight at Namsan Tower,

those apartment blocks imposing as a medieval fortress,

ended up being demolished by human hands

and now I too have nowhere to lay my head.

Even now

Seonghui's dad with the watch stall, Geonju's dad off working

in the Middle East…

in that hilltop beehive, unable to leave though all longed to,

Mum works, slashing her fingers, tidying up hair for a few

won a time,

while the whole family breaks their fingernails

for a few hundred won shelling pine nuts on the side.

From time to time the wind shook the house,

the light of a few stars flickered,

then when darkness came every day one hill would soar up,

another hill would crumble,

and from each floor, smelling of urine, out flows:

'Ah, herons are crying mournfully, is it autumn already?'

Perpetually drunk, the man in number 401

would sing of nothing but herons

while I, a native of Changshin-dong, swim on lyrically

wearing clothes stained with salt for being drenched in sweat,

"From the the old fortress on Naksan hillside"

leaving behind those playing yut and spinning empty cans at
the crossroads,

passing winter nights with that bitter wind as if in prayer,

yes, suffering and beauty mostly live on hilltops.

Note: "From the the old fortress⋯" is from the school song of Myeongshin Primary School on the Changshin-dong hillside.

Mr. Kim Yul-do. Born 1965. Physical disability.

痛苦与美丽在山上

金栗岛

痛苦与美丽就在山上

坐落在南山塔对面的昌信洞山顶公寓

像中世纪城堡一样雄伟美丽

而最终被人类摧毁

如今竟然生无安身之所

摆着钟表摊儿的成姬父亲

移居中东地区的建柱父亲

而母亲

仍在这割舍不断的山原里继续劳作

那是工钱还不到几百元的修剪头发活儿

全家人忍着痛手剥松子壳儿

狂风时而吹动房屋

每当夜幕降临的时候

平地拨起一座山，而另一座山又塌下

从尿臊味熏天的楼道里

传来董鸡的叫声

难道是秋天来了

401号醉酒大叔竟引来董鸡群

昌信洞心绪不宁的我

穿上汗水淋淋的衣服

站在骆山腰古城址上

抛下掷柶和鼠火游戏

熬磨着寒风刺骨的冬夜

痛苦与美丽就在山上

金栗岛, 男, 1965年生, 肢体残疾

苦痛と美しさは山の上に住んでいる

キム・ユルド

そうだ

苦痛と美しさは主に山の上に住んでいる

南山タワーを真っ直ぐに見つめた

昌信洞の山頂の市民マンション

中世の城のように逞しいマンションは

とうとう人の手によって壊れ

私も頭の置く場がないな

それでも今まで

時計の露店のソンヒの父さん、中東に行ったゴンジュの父さん

出たくても出られない山の上の蜂の巣で

母は指を刺されながら

数百ウォンの髪の毛を整理する仕事をし

家族全員が指を痛めながら何千ウォンの

松の実を剥く内職の時間

時々風が家を揺らし

星明かりがいくつか揺れて

ただ闇になる時、山一つが毎日昇り

山一つが毎日崩れるのに

小便臭い 重なりごとに流れ出る

あ、アオサギ悲しく泣くから秋でしょうか

いつも酔っている401号のおじさんはアオサギばかり

呼び入れ

叙情的に泳いでいる昌信洞の人の私は

汗ばみ塩田が描かれた服を着て

駱山の中腹の昔の城跡 で

三叉路ユンノリ場と缶詰回しを後にして

すきま風の強い冬の夜を祈るように越しているのに

苦痛と美しさは主に山の上に住んでいる

*昌信洞にある明新（ミョンシン）小学校の校歌の一部

キム・ユルド _ 男性. 1965年生. 肢体障害

꿈을 향한 도전자 김준엽

　김준엽은 1970년 쌍둥이로 태어났는데 형은 세상을 떠났고 동생인 그는 뇌변병장애를 갖게 되었다. 유년기와 청소년기 때에는 세상 밖으로 나오지 못하고 누워서 먹여 주는 밥을 받아 먹으며 살았다. 그는 가족들을 위해 방에서 조용히 지내다가 눈을 감으면 그것이 행복이라고 생각했다. 하지만 소중한 생명으로 태어났기에 아무것도 하지 않으면 살아가야 할 의미가 없기에, 사람답게 살고 싶었기에, 무엇이던 하고 싶어 뒤늦게 세상 밖으로 나갈 준비를 시작했다. 일어나는 연습을 하고, 말을 배우기 시작하면서 조금씩 혼자 할 수 있는 것들이 늘어났다.

　너무도 심한 장애의 몸으로 등·하교를 하는 건 꿈도 꿀 수 없어서 책을 구해 독학으로 한글 공부를 하면서 시를 쓰기 시작했다. 그에게 시는 문학이라기보다 생존의 수단이었다.

　초등학교 과정을 검정고시로 마친 후 뒤늦게 울산의 특수학교인 메아리중학교와 메아리고등학교를 6년 동안 전동휠체어로 편도 2시간을 달려 하루 왕복 4시간 거리를 오가며 공부를 하였다. 화물차들 속에서 아찔한 순간도 많았다. 그는 뇌성마비 종목인 보

나는 지금
많은 이들을 사랑해야겠습니다

치아에도 도전하여 선수가 되었다. 보치아 덕분에 대회 참가를 위해 서울 구경도 처음으로 하였고 비행기를 타고 해외에 나가기도 하였다. 도전하자 그동안 보이지 않던 길이 열리기 시작하였다. 2012년에는 대구사이버대학교에 도전하였다. 합격통지서와 함께 입학식에 참석하라는 연락을 받고 꿈만 같아 눈물이 났다. 대학생이 됐다는 것이 너무나도 감격스러웠다. 이어서 12월에 시집 『그늘 아래서』도 출간하였으며, 2014년에는 2014 구상솟대문학상 최우수상도 거머쥐었다.

그는 지금 대학 3학년이고 보치아 국가대표 선수이며 시인이다. 그는 정말 많은 것을 이루어 내었다.

내 인생에 황혼이 들면

김준엽

내 인생에 황혼이 들면
나는 나에게 많은 날들을 지내오면서
사람들을 사랑했느냐고 물어보겠지요

그러면 그때 가벼운 마음으로
사람들을 사랑했다고 말할 수 있도록
나는 지금 많은 이들을 사랑해야겠습니다

내 인생에 황혼이 들면
나는 나에게 많은 날들을 지내오면서
열심히 살았느냐고 물어보겠지요

그러면 그때 자신 있게
열심히 살았다고 말할 수 있도록
나는 지금 하루하루를 최선을 다하여 살아가겠습니다

내 인생에 황혼이 들면
나는 나에게 많은 날들을 지내오면서
사람들에게 상처를 준 일이 없느냐고 물어보겠지요

그러면 그때 얼른 대답하기 위해

지금 나는 사람들에게 상처 주는 말과 행동을 하지 않아야겠습
니다

내 인생에 황혼이 들면

나는 나에게 많은 날들을 지내오면서

삶이 아름다웠느냐고 물어보겠지요

그러면 그때 나는 기쁘게 대답하기 위해

지금 내 삶의 날들을 기쁨으로 아름답게 가꾸어 가겠습니다

내 인생에 황혼이 들면

나는 가족에게 많은 날들을 지내오면서

부끄러움이 없느냐고 나에게 물어보겠지요

그러면 그때 반갑게 대답하기 위해

나는 지금 가족의 좋은 일원이 되도록

내 할 일을 다 하면서 가족을 사랑하고 부모님께 순종하겠습
니다

내 인생에 황혼이 들면

나는 나에게 많은 날들을 지내오면서

이웃과 사회와 국가를 위해 무엇을 했느냐고 물어보겠지요

그러면 그때 나는 힘주어 대답하기 위해

지금 이웃에 관심을 가지고 좋은 사회인으로 살아가겠습니다

내 인생에 황혼이 들면

나는 내 마음밭에서

어떤 열매를 얼마만큼 맺었느냐고 물어보겠지요

그러면 그때 자랑스럽게 대답하기 위해

지금 나는 내 마음밭에 좋은 생각의 씨를 뿌려

좋은 말과 좋은 행동의 열매를 부지런히 키워야겠습니다.

김준엽(남) _ 1970년생, 뇌성마비

When the Twilight of my Life is Fading

Kim Jun-yeop

When the twilight of my life is fading
I will surely ask myself:
while spending all those many days
did I truly love others?

So that I may answer lightheartedly when that time comes,
that I did indeed love others,
I should love many people now.

When the twilight of my life is fading
I will surely ask myself:
while living through all those many days
did I live earnestly?

So I may answer with confidence when that time comes,
that I did indeed live earnestly,
I will live each day now to the best of my ability.

When the twilight of my life is fading

I will surely ask myself:

while living through all those many days

were there not times when I hurt others?

So I may answer without hesitation when that time comes,

I should not say or do anything to hurt other people now.

When the twilight of my life is fading

I will surely ask myself:

while living through all those many days,

was life beautiful?

So I may answer cheerfully when that time comes,

I will make the days of my life beautiful by spending them joyfully.

When the twilight of my life is fading

I will surely ask myself:

while living as family through all those many days
were there no times of shame?

So that I may answer gladly when that time comes,
I will do all I should to be a good member of my family,
loving my family and obeying my parents.

When the twilight of my life is fading
I will surely ask myself:
while living through all those many days
what did I do for my neighbors, for society, for my country?

So that I may answer loud and clear when that time comes,
I will live caring for my neighbors as a good member of
society.

When the twilight of my life is fading
I will surely ask myself what and how much fruit I harvested
in the garden of my heart.

So I may answer proudly then when that time comes,

I should sow seeds of good thoughts in the garden of my heart

and cultivate with care the fruits of good words and good

deeds.

Mr. Kim Jun-yeop. Born 1970. Cerebral palsy.

人生黄昏时

金俊烨

人生黄昏时
我将问自己
漫长的岁月里是否爱过大家
为了轻松地回答
从此我要去爱更多的人

人生黄昏时
我将问自己
漫长的岁月里是否认真过每一天
为了自信地回答
从此我要尽心尽力过每一天

人生黄昏时
我将问自己
漫长的岁月里是否伤害过别人
为了毫不犹豫地回答
从此我要注意自己的言行

人生黄昏时

我将问自己

漫长的岁月里你的生活是否精彩

为了兴高采烈地回答

从此我要去打造美丽的生活

人生黄昏时

我将问自己

漫长的岁月里对亲人是否有愧疚

为了愉快地回答

从此我要成为一个孝老爱家的人

人生黄昏时

我将问自己

漫长的岁月里是否为邻居社会国家做过贡献

为了理直气壮地回答

从此我要成为一名关爱邻居的社会成员

人生黄昏时

我将问自己

心田结下了多少个果实

为了自豪地回答

我要在心田上播好思考的种子

用心栽培美好的言行之果

金俊烨, 男, 1970年生, 脑源性瘫痪

私の人生に黄昏が来たら

キム・ジュンヨプ

私の人生に黄昏が来たら

私は私に多くの日々を過ごしながら

人々を愛してきたのかと聞いてみるでしょう

そしたらその時軽い気持ちで

人々を愛してきたと答えられるように

私は今多くの人々を愛します

私の人生に黄昏が来たら

私は私に多くの日々を過ごしながら

一生懸命に生きてきたのかと聞いてみるでしょう

そしたらその時自信を持って

一生懸命に生きてきたと答えられるように

私は今一日一日を最善を尽くして生きて行きます

私の人生に黄昏が来たら

私は私に多くの日々を過ごしながら

人々を傷付けたことがないのかと聞いてみるでしょう

そしたら

その時早く答えるために

今私は人々を傷付ける言葉と行動をしないようにします

私の人生に黄昏が来たら

私は私に多くの日々を過ごしながら

人生が美しかったのかと聞いてみるでしょう

そしたらその時、私は喜んで答えるために

今私の人生の日々を喜びで美しく飾っていきます

私の人生に黄昏が来たら

私は家族に多くの日々を過ごしながら

恥ずかしいことがないのかと私に聞いてみるでしょう

そしたらその時嬉しそうにこたえるために

私は今家族の良い一員となるよう

自分のすべきことをしながら家族を愛し両親に随順します

私の人生に黄昏が来たら

私は私に多くの日々を過ごしながら

隣人と社会と国家のために何をしてきたのかと聞いてみるでしょう

そしたらその時私は力を入れて答えるために

今隣人に関心を持ち良い社会人として生きて行きます

私の人生に黄昏が来たら

私は私の心の畑で

どんな実をどれほど結んできたのかと聞いてみるでしょう

そしたらその時自信を持って答えるために

今私は私の心の畑に良い

考えの種を蒔き良い言葉と良い行動の実をいそしんで育てます

キム・ジュンヨプ ＿ 男性. 1970年生. 脳性麻痺

내 인생에 황혼이 들면
나는 내 마음밭에서
어떤 열매를 얼마만큼 맺었느냐고 물어보겠지요

그러면 그때 자랑스럽게 대답하기 위해
지금 나는 내 마음밭에 좋은 생각의 씨를 뿌려
좋은 말과 좋은 행동의 열매를 부지런히 키워야겠습니다.

시에 대한 일편단심 김판길

  고등학교 시절 백석의 시집을 들고 다니며 시인을 꿈꾸던 문학
소년은 어느 날 갑자기 눈앞을 가린 하얀 안개 때문에 꿈을 멈추
었다. 1959년생인 김판길은 초등학교를 다닐 때 시각장애가 생겼
다. 치료를 받으러 병원에 가야 했지만 변변한 시설 하나 없었던
당시의 시골 병원에서는 정확한 그의 병명을 알지 못했고, 큰 병
원에 가야 한다는 소견조차 없었다.

  답답함과 불편함을 감내하며 성장한 그는 병역 신체검사를 받
고 나서야 자신의 병명을 알게 되었다. 서서히 시력을 잃어 가는
진행성 망막 질환인 망막색소변성증이었다.

  그는 더 이상 백석의 시집을 넘기지 않았다. 이삿짐 나르는 일,
각종 판매원 일을 했지만 흐릿한 눈 때문에 번번이 좌절했다. 결
혼도 하고 아이도 생겼지만 그가 바라보는 세상이 자꾸만 흐려져
넘어지고 다친 상처로 다리의 흉터가 아물 날이 없었다.

  아무것도 할 수 없게 된 그에게 다시 시가 찾아왔다. 눈 대신 귀
로 시를 읽었다. 복지관에서 녹음한 음성도서로 시를 읽고 문학공
부를 했다. 2006년도에는 별바라기 동인시화집 『3천원짜리 봄』

에 참여했다. 복지관 문학창작교실 강의를 맡은 국문학 교수들도 그의 열정에 감동했다. 배우며 끊임없이 시를 썼다. 그리고 마침내 2005년 구상솟대문학상 최우수상에 이어 2009년 구상솟대문학상 대상을 수상하였다.

  태풍 부는 날 가로수가 꺾일 듯하면서도 무사한 것은 몇 개의 통나무로 단단히 버틸 수 있게 했기 때문이기에 언젠가 시집을 낸다면 이 '버팀목'이라는 이름으로 하고 싶었다던 그는 2014년 가을 첫시집 『버팀목』 출간을 앞두고 있다.

  "시각장애인을 위한 녹음도서를 통해 독서를 하며 틈틈이 창작을 합니다. 앞으로는 동화도 써 보고 싶습니다. 이제 일반 문단에서도 나란히 어깨를 겨루고 싶고, 그동안에 받았던 여러 공모전 입상뿐만 아니라 앞으로도 여러 문학상에 도전을 하고 시집도 발간하고 싶습니다. 이루고 싶었던 많은 소망들을 문학에 고스란히 담아서 펴낸 시집을 좋은 이웃들과 지인들과 나누고 싶습니다."

흔들림에 대하여

김판길

순간순간마다 사람들은 풀꽃처럼
흔들립니다

발자국에 묻어나는 쓸쓸함에도
덧없이 흔들립니다

묵은 것에 새것을 더해야 할
시간에도 허전하여 또 흔들립니다

강은 무수한 소리의 흔들림
세상에서 애착은 한때의 속절없음

아무도 거들떠보지 않는 돌들도
있어야 할 곳을 찾아 제 몸 뒤척이듯

지우고 비워야 가벼워지는 세상에서
지극히 작은 돌 같은 나로 인하여
흔들릴 세상을 바라봅니다.

김판길(남) _ 1959년생, 시각장애

On Trembling

Kim Pan-gil

At every passing moment people are trembling
like wild flowers.

At the melancholy exuding from their footprints,
they tremble fleetingly.

They are trembling, too, feeling empty at the time
they will have to spend adding new things to old.

The river is a trembling of countless voices,
in this world attachment is the futility of a moment.

Just as the stones to which no one pays attention
toss and turn seeking the place where they belong.

In a world that becomes lighter only when it is cleared and
emptied
I watch the world that will tremble
because of me, tiny as a pebble.

Mr. Kim Pan-gil. Born 1959. Visual impairment.

摇晃

金判吉

人每时每刻都像花草一样在摇曳
在脚印留下的寂寞中虚无地摇晃
在舍旧取新的时候因空虚而摇晃
河水就是无数个声音的摇荡
世上的依依不舍是一种眷恋
连那无人理睬的石块也在寻找安身之所而移动着
在这一无所有才能轻松起来的世界里
瞭望着将被石块般渺小的我而摇晃的未来世界

金判吉, 男, 1959年生, 视觉障碍

揺れについて

キム・パンギル

瞬間瞬間ごとに人々は草花のように
揺れます

足跡についた寂しさにも
むなしく揺れます

古くなったものに新しいものを加えるべき
時間にも心細くてまた揺れます

川は無数の音の揺れ
世の中で愛着は一時の空しさ

誰も見向きもしない石も
あるべき所を求めて自分の体を転々とするよう

消して空けることで軽くなる世の中で
極めて小さな石のような私のため
揺れる世の中を望みます

キム・パンギル _ 男性. 1959年生. 視覚障害

사랑을 노래하는 노차돌

　노차돌은 1972년 강원도 산골 거진에서 뇌성마비 1급 장애를 갖고 태어나 친구라는 존재가 무엇인지도 모른 채 성장하였다. 학교의 문턱에도 가 보지 못하고 고등학교 2학년 학생에게 글을 배워가며 독학으로 한글을 깨쳤다. 열여덟 살에 첫사랑 고백을 하기 위해 처음 글을 쓰게 되었는데 그것이 시가 되었다. 『솟대문학』 추천완료를 받았고, 시집 『어느 화성인의 사랑이야기』를 출간한 시인이 되었다.

　그런데 그가 시인이 되기까지 한 차례 시련이 닥쳤다. 뇌성마비 1급 장애를 가지고 있지만 글을 쓰기에는 별 문제가 없었는데 갑작스런 경련이 찾아온 후 마비증상이 더욱 심해져 손발을 움직일 수 없게 된 것이다. 그의 유일한 친구이자 행복이었던 글쓰기를 더 이상 할 수 없게 되었다. 그것은 죽음과도 같은 일이었다. 그는 글쓰기를 포기할 수 없어 혀끝으로 키보드를 치기 시작했다. 침이 질질 흐르고, 위생적이지 못하고, 침 때문에 키보드가 망가지기 일쑤였지만 그는 멈추지 않았다. 그래서 지금은 혀로 그의 마음을 그려내며 세상과 소통하고 있다.

　2008년 『솟대문학』을 통해 등단한 후부터 지은 시가 180여 편

난 오늘도 허로 세상을 산다

이다. 인터넷 블로그 〈햇빛바다 아름다운 이야기〉를 통해서 노차
돌의 시를 세상에 알리고 있는데 감성이 넘치는 사랑시여서 그의
시를 찾는 사람들이 많다.

　노차돌이 시 한 편을 쓰기 위해서는 한 달여 정도의 시간이 걸린
다. 생각하고 또 생각하고 그야말로 목각을 하듯이 한 획 한 획을
찍어야 하기 때문이다. 노차돌은 시인이어서 행복하고, 시인이어
서 당당하다.

혀로 사는 세상

노차돌

난 오늘도 혀로 세상을 산다

혀로 컴퓨터를 하고
혀로 쇼핑도 하고
혀로 흘러가는 세월 구경도 하고
혀로 떠나려 하는 그 사람도 잡는다

어쩌면 이런 내가 보기가 싫어서
이렇게 아프게 하고 떠나려고 하는지 모르겠다

난 오늘도 혀로 컴퓨터를 켜서
그 사람의 사진을 한참 바라본다.

노차돌(남) _ 1972년생, 뇌성마비

Living the World with my Tongue

No Cha-dol

Today too, I live the world with my tongue.

With my tongue I use the computer, with my tongue I do my
shopping,
   with my tongue I watch as time passes by
   and with my tongue I hold her back as she is about to leave.

Perhaps she can't stand seeing me like this,
so she hurts this way and then prepares to go.

Today too, I turn on the computer with my tongue
and gaze for a time at her photograph.

Mr. No Cha-dol. Born 1972. Cerebral palsy.

凭借舌的人生

卢车石

今天的我依然凭借舌来生活

凭借舌来上网购物
凭借舌来观望着岁月迁流
凭借舌来挽留离我而去的她

或许是嫌弃我此时的模样
才会留给我伤痛，便远走高飞

今天我依然凭借舌打开了电脑
傻傻地凝视着照片里的她

卢车石, 男, 1972年生, 脑源性瘫痪

舌で生きる世界

ノ・チャドル

私は今日も舌で世の中を生きている

舌でパソコンを使い、舌でショッピングもし

舌で流れる年月の見物もし

舌で去っていこうとするその人も引き止める

もしかしたらこんな私を見るのが嫌で

こんなに傷付けて去っていこうとするのかもしれない

私は今日も舌でパソコンをつけ

その人の写真をしばらく見つめる

ノ・チャドル _ 男性. 1972年生. 脳性麻痺

마르지 않는 옹달샘 **방귀희**

　방귀희가 세상에 처음 알려진 것은 동국대학교를 수석으로 졸
업한 1981년이었다. 그해가 UN이 정한 세계장애인의 해여서 장
애인에 대한 사회적 관심이 시작된 시기라 휠체어를 사용하는 여
성장애인이 사각모를 쓴다는 사실만으로도 화제가 될 만한데 수
석 졸업이라는 타이틀이 세간의 이목을 집중시켰다. 무학여자고
등학교를 수석 입학한 경력으로 방귀희는 수석이란 수식어가 따
라붙는 수재이지만 졸업 후 이력서 한 장 내밀 수 없는 현실에 좌
절하고 있었을 때, 대학 수석 졸업이 방귀희에게 아주 멋진 일자
리를 마련해 주었다. KBS에서 방송작가로 일을 하게 된 것이다.
방귀희가 이런 행운을 잡을 수 있었던 것은 공영방송인 KBS가 세
계장애인의 해를 기념하기 위해 〈내일은 푸른하늘〉이란 장애인
전문프로그램을 신설했기 때문이다.

　그 후 31년 동안 방송작가로 KBS뿐만 아니라 EBS, BBS, 불교
TV 등에서 일을 하며 수많은 작품을 창작하였다. 방귀희는 한국
장애인방송의 역사를 쓴 산증인이기도 하다. 1996년 'KBS 사랑의
소리방송', 2000년 'KBS 3라디오' 그리고 2010년 'KBS 3라디오

아무리 고통스러워도 서로 사랑하기
어떤 불행이 닥쳐도 서로 사랑하기

FM 채널 확보' 등을 이끌어 냈다.

방귀희가 방송을 떠난 것은 2012년 대통령문화특별보좌관으로 청와대에 근무하게 되었기 때문인데 휠체어장애인의 청와대 근무는 방귀희가 최초였다. 재임 기간이 비록 1년밖에 되지 않아 매우 짧은 기간이었지만 청와대에서 편의시설에 대해 관심을 갖게 하는 계기를 만들어 주었다. 방귀희는 대통령 전용엘리베이터를 이용했고, 그녀의 자리에는 휠체어가 바로 들어갈 수 있도록 의자를 놓지 않는 등 의전에 각별한 배려를 하였다고 한다. 방귀희는 특보 시절 우리나라 최초의 장애인문화예술센터를 건립하기 위한 기초 작업을 하여 2014년 우리나라 최초의 장애인문화예술센터 건립 예산을 확보하는데 주도적인 역할을 하였다.

방귀희는 자기 직업에 충실하여 장애인의 능력이 비장애인과 다르지 않다는 것을 보여 주면서 장애인계에서 소외된 분야인 문학에 새로운 지평을 마련하였다. 1991년 봄 우리나라 최초의 장애인문학지 『솟대문학』을 창간한 후 단 한 번의 결간 없이 현재 통권 94호까지 발간하여 통권 100호 발간을 눈앞에 두고 있다. 『솟대문학』은 회원이 1천여 명이며 구상솟대문학상과 3회추천을 통해 158명의 장애문인을 배출시켰다. 『솟대문학』을 원고료를 지급하는 문학지로 키워서 장애문인의 자존감을 높여 주었음은 물론이고 장애인문학에 대한 이론을 마련하여 장애인문학을 문학의 한 장르로 구축하였다.

2009년부터는 문학뿐만이 아니라 모든 예술로 확대하여 사단법인 한국장애예술인협회 대표로 장애인예술 발전을 위해 『장애예술인총람』을 만들고 장애인문화예술 전문 인터넷 매체 〈e美지〉를 창간하는 등 장애인문화예술의 대중화를 위해 앞장서고 있다.

서로 사랑하기

방귀희

내 앞에 없어도 보이고
말하지 않아도 들리며
손을 잡지 않아도 느껴지는 것은
서로 사랑하기 때문

모두를 주어도 아깝지 않고
작게 모아도 커지며
항상 공유하는 것은
서로 사랑하기 때문

아무리 고통스러워도 서로 사랑하기
어떤 불행이 닥쳐도 서로 사랑하기
그리고 죽을 때까지 우리 사랑 변함없기

사소한 말로 토라지고
작은 일로 상처 받으며
작은 상처에 슬퍼우는 것은
서로 사랑하기 때문

볼수록 아름답고
들을수록 정답고
만날수록 행복한 것은
서로 사랑하기 때문

늙어서도 서로 사랑하기
병들어도 서로 사랑하기
죽어도 서로 사랑하기.

방귀희(여) _ 1957년생, 지체장애

Loving Each Other

Bang Gui-hee

Seeing you when you're not before me,
hearing you even when you are not speaking,
feeling your presence even without holding hands,
is all because we love each other.

Never grudging though giving everything,
every little garnered becoming much,
always sharing,
is all because we love each other.

May we love each other no matter how much it hurts,
may we love each other no matter what misfortune comes,
may our love remain unchanged until death.

Sulking over trifling words,
being hurt by small incidents
weeping over small hurts,
is all because we love each other.

The more often seen the more beautiful,

the more often heard the closer,

the more often met the happier,

because we love each other.

May we keep loving each other even when aged,

may we love each other even when sick,

may we love each other even when we die.

Ms. Bang Gui-hee. Born 1957. Physical disability.

相爱

方贵姬

即便不在眼前也能看见你的面孔
即便你不说话也能听见你的声音
即便没有牵着你的手也能感觉到你的温存
那是因为我们在相爱

为了你，宁愿献给你我的一切
小小的积累能变成巨大的能量
何时何地何事都能一起共享
那是因为我们在相爱

无论多么痛苦，我们也要相爱
无论多么不幸，我们也要相爱
我们的爱情忠贞不渝

因一句玩笑拌嘴斗气
因琐事而伤心欲绝
因内心受伤而泪流满面
那是因为我们在相爱

越看越动人

越听越动听

越见越幸福

那是因为我们在相爱

即便白发苍苍也要相爱

即便缠绵病榻也要相爱

百年之后还要相爱

方贵姬, 女, 1957年生, 肢体残疾

お互いに愛する

バン・グィヒ

私の前にいなくても見えて
言わなくても聞こえて
手をつながなくても感じられるのは
お互いに愛するから

すべてをあげても惜しくなく
少なく集めても大きくなり
いつも共有することは
お互いに愛するから

いくら苦しくてもお互いに愛する
どんな不幸が降りかかっても、お互いに愛する
そして死ぬまで私たちの愛は変わらない

ちょっとした言葉ですねて
小さなことで傷つき
小さな傷に悲しく泣くのは
お互いに愛するから

見るほど美しく
聞くほどむつまじく
会うほど幸せなのは
お互いに愛するから

老いてもお互いに愛する
病気になってもお互いに愛する
死んでもお互いに愛する

バン・グィヒ ＿ 女性. 1957年生. 肢体障害

볼수록 아름답고
들을수록 정답고
만날수록 행복한 것은
서로 사랑하기 때문

늙어서도 서로 사랑하기
병들어도 서로 사랑하기
죽어도 서로 사랑하기.

자연을 닮은 시인 **서정슬**

서정슬은 1946년 교직자 집안의 맏딸로 태어나 유복한 환경에서 성장할 수 있었으나 중증 뇌성마비로 인해 휠체어를 사용하는 것은 물론이고 언어장애도 심해 사회 활동을 하는데 제약이 많다. 학교 교육을 전혀 받지 못했지만 어머니께서 동생들 숙제를 설명해 주시는 것을 들으며 한글을 익혀 글을 쓰기 시작했다.

동생들이 학교에 가고 나면 동생들이 보는 어린이 잡지를 읽었는데 서정슬은 동시를 읽을 때가 가장 행복했다. 자신도 동시를 지어 보곤 하다가 어느 날 자신이 학교와 학년을 쓰지 못하는 이유를 밝히며 투고를 한 동시가 1962년 『새벗』 10월호에 실려 실력을 인정받았다.

아동문학계의 쟁쟁한 윤석중, 어효선, 박홍근, 한정동, 장수철 선생님이 한 번도 만난 적이 없는 그녀의 작품을 60년대 어느 지면에선가 가끔씩 칭찬해 주었다. 이런 칭찬에 용기를 얻은 그녀는 글쓰기에 온 힘을 쏟았고 이렇게 해서 한 편, 한 편 모아진 시들이 시 노트로 한 권, 두 권 쌓여졌다.

서정슬의 시노트를 그녀가 활동하던 가톨릭 공동체의 수녀님이

빠알간 단풍잎이 편지를 쓴다
노오란 은행잎이 편지를 쓴다

홍윤숙 시인에게 보여 준 것이 계기가 되어 1980년 『어느 불행한 탄생의 노래』라는 시집이 세상에 나오게 되었다. 그녀 말에 의하면 34년 만에 받는 축복이었다.

서정슬의 시집을 본 아동문학가 윤석중 선생은 1982년 『새싹문학』가을호에 동시 40여 편을 실었다. 그것이 계기가 되어 제10회 새싹문학상이 그녀에게로 돌아갔다. 그녀는 당당히 아동문학가 명단에 이름을 올렸고, 꾸준히 작품 활동을 계속하여 7권의 시집을 발간하며 아동문학가로 자리를 굳혔다. 서정슬의 동시는 초등학교 2학년 국어교과서에 동시 〈눈 온 날〉, 초등학교 5학년 음악교과서에 곡이 붙여진 동시 〈오월에〉, 초등학교 6학년 국어교과서에 동시 〈장마 뒤〉, 중학교 2학년 음악교과서에 곡이 붙여진 동시 〈가을 편지〉가 수록될 정도로 서정슬은 사회적으로 인정받은 시인이다.

2000년대에 들어서는 건강이 나빠져 작품 활동이 뜸해졌다. 연필조차 손에 쥘 수가 없었는데 설상가상으로 든든한 버팀목이었던 어머니가 세상을 떠나 심신이 지칠대로 지친 서정슬은 그 무렵

완전히 창작 활동을 멈추게 되었다.

　현재 서정슬은 경기도 광주에 있는 요양원에서 세상과의 이별을 준비하고 있는데『솟대문학』에서 마지막 선물이 될 서정슬의 대표작과 미발표작을 모아 동시집『나는 빗방울, 너는 꽃씨』(도서출판 솟대, 2013)를 출간하였다.

가을 편지

서정슬

빠알간 단풍잎이
편지를 쓴다

노을빛이 좋아서
바라보다가
빨간빛이 좋아서
물들었어요

노오란 은행잎이
편지를 쓴다

환한 달빛 좋아서
바라보다가
노란빛이 좋아서
물들었어요.

서정슬(여) _ 1946년생, 뇌성마비

An Autumn Letter

Seo Jeong-seul

The scarlet red maple tree
writes a letter:

I so liked the sunset
that I watched it a while.
I so liked that red glow
that I let it dye my leaves.

The golden yellow gingko tree
writes a letter:

I so liked the bright moonlight
that I watched it a while.
I so liked that yellow glow
that I let it dye my leaves.

Ms. Seo Jeong-seul. Born 1946. Cerebral palsy. .

秋天的信

徐晶瑟

红彤彤的枫叶在写信
被迷人的霞光所吸引
便染成了赤红色

黄灿灿的银杏叶在写信
被明亮的月光所吸引
便染成了金黄色

徐晶瑟, 女, 1946年生, 脑源性瘫痪

秋の手紙

ソ・ジョンスル

赤い紅葉が

手紙を書く

夕焼けの色が好きで

眺めてから

赤い色が好きで

染まりました

黄色いイチョウの葉が

手紙を書く

明るい月光が好きで

眺めてから

黄色い色が好きで

染まりました

ソ・ジョンスル _ 女性. 1946年生. 脳性麻痺

환한 달빛 좋아서
바라보다가
노란빛이 좋아서
물들었어요.

10개의 눈을 가진 손병걸

　손병걸은 1967년 강원도 대관령에서 태어났는데 집안이 너무 가난해서 중·고등학교를 다니며 공납금을 내지 못해 늘 주눅이 들어 있었다. 손병걸은 가난에서 잠시나마 벗어나기 위해 고등학교를 졸업하자마자 서둘러 군에 입대를 하였는데 특수부대라서 강인한 남자로 거듭났다.

　제대 후 부산에 정착해 직장을 얻었고 무엇보다 사랑하는 여자와 결혼하여 아내를 닮은 딸의 아빠가 되어 행복한 나날을 보내던 어느 날 관절염 증상이 나타났다. 그런데 그것은 베체트병의 시작이었다. 온몸의 뼈마디마다 고름이 생겨 욱신거리는 통증이 찾아들 무렵에는 시력이 점점 떨어지더니 1년 만에 눈에서 빛이 완전히 빠져나가 암흑 속에 갇히고 말았다. 그때가 1997년, 손병걸의 나이 서른 살이었다. 결혼한 지 3년째로 딸아이가 겨우 세 살이었다.

　시각장애라는 청천벽력에 손병걸은 죽음을 선택하였지만 자살 시도는 번번히 실패하였다. 생계를 위해 식당 일을 하며 어린 딸과 앞을 볼 수 없게 된 시각장애인 남편까지 보살펴야 하는 부인을 위해 이혼을 강행하였고 누나가 살고 있는 인천으로 거처를 옮겼다.

스치기만 하여도 환해지는
열 개의 눈동자를 떴다

손병걸은 모든 것을 잃은 절망 속에서 희망을 건져올렸다. 바로 문학이었다. 자신의 참담한 현실에서 벗어나기 위해 시를 쓰고 또 썼다. 투병 당시 쓴 시가 2천여 편이 되는데 그런 습작의 결과 2003년 『솟대문학』을 통해 3회 추천을 받았고, 2005년 지방신문사 신춘문예에 시 〈항해〉가 당선되어서 당당히 문단에 등단하였다.

시집 『푸른 신호등』, 『나는 열 개의 눈동자를 가졌다』(2011년 문화체육관광부 선정 우수문학도서)가 있다. 건강했던 시절에도 하지 못했던 대학 교육을 시각장애를 갖게 된 후 받았다. 경희사이버대학교 미디어문예창작학과를 거쳐 현재 같은 대학교 문화창조대학원에서 미디어문예창작을 전공하며 문학 공부에 전념하고 있다.

손병걸은 또한 본인이 기타를 치며 노래부르기를 즐기는 만능 예술인이다. 손병걸의 시낭송을 들은 사람은 가슴을 울리는 한 맺힌 듯한 목소리에 푹 빠져 시낭송의 묘미를 느끼게 된다.

나는 열 개의 눈동자를 가졌다

손병걸

직접 보지 않으면
믿지 않고 살아왔다
시력을 잃어 버린 순간까지
두 눈동자를 굴렸다

눈동자는 쪼그라들어 가고
부딪히고 넘어질 때마다
두 손으로
바닥을 더듬었는데
짓무른 손가락 끝에서
뜬금없이 열리는 눈동자

그즈음 나는
확인하지 않아도 믿는
여유를 배웠다

스치기만 하여도 환해지는
열 개의 눈동자를 떴다.

손병걸(남) _ 1967년생, 시각장애

I've Got Ten Eyes

Son Byeong-geol

I lived refusing to believe
anything I had not seen for myself.
I rolled my two eyes around
until the moment I lost my sight.

After my eyes shriveled up
every time I bumped into things and fell over
I groped at the floor
with my two hands
and at the tips of my blistered fingers
eyes opened out of nowhere.

Around that time
I learned what freedom it is
to believe without having to check.

Ten eyes have opened
that light up at a touch.

Mr. Son Byeong-geol. Born 1967. Visual impairment.

我有十只眼睛

孙秉杰

不是亲眼所见
从来没有相信过
直到失去光明的那一瞬间
仍在不停地转动两只眼睛

眼睛凹进去了
每次东碰西撞摔倒在地的时候
两只手触摸着地面
磨烂的手尖上突然长出了一双眼睛

我开始学会了
眼不见亦实的人生哲理

我有十只眼睛
只要擦过手边
眼前一派光明

孙秉杰, 男, 1967年生, 视觉障碍

私は十個の瞳を持った

ソン・ビョンゴル

直接見なければ

信じず生きてきた

視力を失った瞬間まで

両方の瞳を転がした

瞳は縮まっていき

ぶつかって倒れるたびに

両手で

床をたどったが

ただれた指の先から

思わず開かれる瞳

その頃私は

確認しなくても信じる

余裕を学んだ

触れるだけで明るくなる

十個の瞳を開いた

ソン・ビョンゴル _ 男性. 1967年生. 視覚障害

시가 있어 행복한 여자 **최명숙**

　최명숙에게 있어서 시의 원천은 그녀의 고향 춘천 집이다. 초가
지붕과 싸리울타리, 호박꽃과 강낭콩, 그리고 고향으로 돌아오는
그녀를 언제까지나 기다려 주는 어머니가 그 집에 있기 때문이다.

　최명숙은 1962년 조산으로 약하게 태어났는데 뇌성마비 진단을
받았다. 최명숙의 어머니는 그녀 스스로 장애인이라는 인식을 갖
지 않도록 심부름도 항상 그녀를 먼저 시켰으며, 한 사람의 몫을
다하도록 했고, 장애가 무기나 핑계가 되지 않도록 해야 한다고
가르쳤다. 또한 동생들에게는 누나가 장애인이어서 돕는 것이 아
니라 누나의 건강이 안 좋으니 형제로서 당연히 도와야 한다는 것
을 인식시키기도 했다.

　어머니의 그러한 가르침 덕에 그녀는 고교체력장 때 선생님의
만류에도 800미터 달리기를 완주했다. 그때 쏟아지던 급우들의
환호성과 박수들… 그때 악바리라는 별명을 얻었다.

　최명숙은 1992년에 『시와 비평』 신인상을 비롯해 2000년 구상
솟대문학상 대상 등을 수상했고, 시집 『산수유 노란 꽃길을 걷다』,
『져버린 꽃들이 가득했던 적이 있다』 외 시집 7권을 출간하였다.

한결같은 마음으로 보듬어진 보람으로
마침내 새살이 돋아 피어났구나

　최명숙에게 있어서 시를 쓰는 일이란 운명적으로 거부할 수 없
는 속박의 길이기도 하고 근본적인 존재의 이유이기도 하다. 언제
나 시를 한 편 쓰고 나면 어머니 품안에서 잠드는 편안함을 느끼
거나 먼 외지에서 떠돌다 태어난 고향집에 돌아가 쉬는 안주의 그
늘을 찾은 느낌이다.
　사람들은 그녀에게 찾아온 뇌성마비로 잃은 것이 많다고 생각
하지만 최명숙은 장애 때문에 시를 얻었기에 잃은 것에 대한 아픔
보다는 얻은 것에 대한 기쁨이 더 크다.

난을 위한 노래

최명숙

눈보라 매섭던 섣달 그믐께
누구인가 갖다 버린
주인도 모를 난초 한 포기를 안아다가
남동향으로 나 있는 창가에 두었다

꺾인 가지는 동상마저 걸려 진물이 흐르고
바람결에 야윈 살이 트는 천덕꾸러기를
겨울볕을 좋아하는 소망으로
들녘에 아지랑이 피기를 기다리는 봄누리로
보듬고 감싸 주었더니

해가 저물고 또 한 해가 열리는
세월을 잇는 해거름녘에
아아, 이 어찌된 해탈인가

눈물나도록 청아한 화관을 두르고
내 앞에 일어서더니
날카로운 듯 부드럽게 휘어지고
정갈한 듯 수더분한 그 자태

어느 게 이토록 고결한 환생을 이루었는가
어느 게 이처럼 위풍당당한 풍모를 가졌는가

한 생의 기쁨은
숱한 인연의 고해를 건넌 후에야
한결같은 마음으로 보듬어진 보람으로
마침내 새살이 돋아 피어났구나.

최명숙(여) _ 1962년생, 뇌성마비

Song for the Orchid

Choi Myeong-suk

In deep midwinter when the blizzards were harsh
I embraced an orchid plant without an owner
which someone had thrown out
and placed it by a window facing south-east.

The broken stems had frostbite, the wounds were discharging,
the flesh, wasted in the wind, was chapped
so I embraced and wrapped it up
hoping it would enjoy the winter sunlight,
while it waited for spring haze to shimmer in the fields.

At the year's turn, past and future joined
as one year ends and another begins,
ah, what liberation it brought.

Wearing a flowery coronet so graceful it brought tears to my
eyes,
  it rose before me,
  sharp yet gently bending,

neat and tidy yet artless in figure.

What could have produced such a noble rebirth?

Is there anything with such majestic charm?

After having crossed countless bitter seas of karma,

in reward for having embraced them with a constant heart,

as new flesh grew, a lifetime's joy bloomed.

Ms. Choi Myeong-suk. Born 1962. Cerebral palsy.

兰之歌

崔溟淑

风雪交加的除夕夜晚
把被人扔弃的无主之兰
小心翼翼抱来一棵
放在了东南向的窗台上

折断的枝叶冻伤腐烂
风中冒出新叶的小东西
以那冬日送暖的心愿
期盼田野河影到来的春气
细心地去照料并保护

多少个日升月落
啊，这究竟怎么回事
居然头戴着清雅动人的花冠
展现在眼前
锋利又柔和的弯垂
纯洁又温顺的姿态
究竟何时变得如此清纯高洁
究竟何时变得如此相貌堂堂

一辈子的快乐

经历了许许多多的苦涩

凭借一颗真诚的心

终于迎来新的生命

崔溟淑, 女, 1962年生, 脑源性瘫痪

蘭のための歌

チェ・ミョンスク

吹雪厳しかった大みそかの頃

誰かが捨てた

持ち主も分からない蘭一株を抱いて

南東向きの窓際に置いた

折れた枝は凍傷にまでかかり水うみが流れ

風でやせた肌が荒れる邪魔者を

冬の日差しが好きな希望で

野にかげろうが立ち上るのを待っている春の世で

抱いて包んであげたら

日が暮れまた一年が開かれる

歳月をつなぐ日暮れ頃

ああ、どういった解脱であろうか

涙が出るほどの清らかな花冠を掛けて

私の前で立ち上がり

鋭いようでなめらかに曲がり

清潔のようで地味なその姿

どれがこんなに高潔な 生まれ変わりを 果たしたのか

どれがこのような堂々とした風貌を持ったのか

一生の喜びは
たくさんの縁の苦海を渡ってからこそ
変わらない心で 抱かれたやりがいで
とうとう新しい肉芽が咲き出したね

チェ・ミョンスク _ 女性. 1962年生. 脳性麻痺